De minuit à minuit

De la même autrice

L'Éthé (poésie), Frison-Roche Belles-lettres, 2022.

Le bruit du monde
68, rue de Rome
13006 Marseille
contact@lebruitdumonde.com

ISBN 978-2-493206-50-3
Dépôt légal : février 2023

Sara Mychkine

De minuit à minuit

Roman

le
bruit
du
monde

« Je suis le produit d'une terre, je suis le produit d'un monde, et c'est pour me venger de ce monde que je parle. C'est pour faire une grosse tache humaine sur la vie que je parle. Tache humaine donc tache de Dieu. Pourquoi avez-vous si peur d'apprendre qu'on existe ? Effectivement, je vous le dis, on existe. Si vous avez peur, c'est que vous êtes dans le camp de la catastrophe. C'est que vous fuyez la vie et ça ne suffit pas pour inexister. »

Sony Labou Tansi,
Encre, sueur, salive et sang

premier mouvement

Ma douce,
Tu dois être bien loin, à présent, maintenant qu'ils t'ont arrachée à moi. Et j'ai peur, tu sais ? Que tu nous laisses dans l'oubli, que tu t'absorbes dans leur monde et que tu nous regardes avec leurs yeux. Car leur monde, c'est le monde. Y est ce qui doit être. Nous, on a de la misère plein les veines, des bouts de tentes pour ciel et on chie sur leurs paliers. Puis on attend et nos cernes se
creusent.
La nuit finit toujours par tomber.

Ma main tremble de ne plus sentir tes cheveux plonger dans le tambour de mon cœur. Je me suis effondrée quand tu es partie, tu sais, dans leurs sirènes rouge et bleu…

Bientôt, ils te diront que nous sommes la vermine, la racaille, la mauvaise graine, les fous et les assassins. Bientôt, quand tes oreilles sauront reconnaître des mots derrière les gazouillis du langage, quand, griffée par les tourments de l'adolescence, tu oseras leur demander qui est ta mère. Bientôt.

Ils disent qu'on vit sur la colline du crack.
On vit sur le seul bout de terre
qu'ils nous ont laissé.
On crève.
On a l'iris-océan sur la dernière
grève et si la fin vient à venir, s'ils nous chassent
de la colline, on prendra les égouts et le silence de la nuit
pour leur rappeler qu'on existe.

Ma douce, ils te diront que les hommes naissent libres et égaux et toutes sortes de formules magiques, écoute celle qui pleure gare de l'Est, des flopées de gosses dans les bras, le silence de celles qui ne pleurent même plus, celles qui hurlent, muettes, parce que le langage ne suffit pas à accoucher de leur souffrance.

Ma douce,
le langage ne suffit pas.

Ils nous reprocheraient de ne dire qu'un mot, d'utiliser des phrases tordues, de trébucher sur les virgules, d'aboyer des insultes, à croire que leur langage fleuri est en mesure de reconstruire l'immensité de notre réel. Et ils osent se réclamer d'Homère, comme si nous n'étions pas ceux qui, jour après jour, agrippent la laine des moutons pour échapper à Polyphème, comme s'ils avaient, un jour, brandi les armes pour venger leurs frères, comme si, dix ans durant, je n'allais pas devoir fendre les mers pour retrouver les miens.

Ma douce, le langage naît de la chair. Il est la somme des fissures qui craquellent pour que la bouche puisse enfin sentir les marées de l'air noyer les poumons.

Il est débordement des brèches, le fil rouge qui prend racine
dans les os de nos ancêtres et
se tord sur la pointe de nos dents
pour crier la faim.

L'écriture surgit de l'absence. Si je trace des plans sur le grand vide, sauras-tu funambuler jusqu'à moi ?
Je me suis dit : le fil, tisse le fil, je me suis dit : tresse le langage, et la corde
jetée dans l'océan pour que tu puisses franchir le jour.
Il s'agit de vivre.
Aller de minuit à minuit,
encore
et encore
et encore.

Ils peuvent t'arracher à moi et t'éduquer comme l'une des leurs mais le sang enchaîne la chair, un jour, tu leur demanderas qui est ta mère. Un jour, tu reviendras sur la colline et tu verras le grand charnier hurlant à l'ombre de la ville des lumières et du pays de l'égalité, de la fraternité et de la liberté.

Liberté, c'est la houle, la bataille de la Crête-à-Pierrot, la Toussaint rouge, la bataille de Hanoï, ils t'apprendront 1789, la révolution des blancs, comme s'ils s'étaient levés pour l'humanité entière.

Regarde-les, ces esthètes, laisser mourir des êtres humains plutôt que de les inviter à passer la frontière. Ici, l'égalité par la terre s'arrête aux frontières du même. Parle arabe dans les HLM mais ferme ta gueule dans le métro. Ils caressent des idéaux au son creux qui ne servent plus qu'à justifier la haine. La démocratie est le creuset du progrès, du respect de la vie humaine. C'est en son nom qu'on a bombardé Hiroshima, Nagasaki, qu'on a violé des négresses et tué des innocents.

Ma douce, ne t'y trompe pas.
À la première occasion, ils te rappelleront que tu ne peux pas prétendre à l'humanité. Ils ont enfermé nos corps dans un imaginaire sale et étroit. Nos visages, pour eux, sont tous les mêmes : une tache innommable.
Ma douce, toi qui es si belle, dans leurs
yeux, tu finiras par te haïr.
Dans leurs yeux, il n'y aura que la saleté
des contours qu'ils ont tracés au sang suintant des cuisses
de nos arrière-grands-mères.

Ils ne comprennent pas que nous sommes l'infinité derrière la souffrance et que nos millions de pupilles, point d'orgue de mille obscurs, finiront par les avaler.

Parfois *(je m'en empêche)*,
j'ai faim de leur souffrance.
Je voudrais agripper leur cou et le serrer
contre la terre pour qu'ils sachent où ils ont placé la limite
de notre ciel.
Parfois *(je m'en empêche)*,
le nœud dans ma gorge est si épais que je voudrais en tirer
un fil pour le coudre au canevas de la misère, au blanc
de la faim et des mains tendues, des poumons étranglés, du genou
enflé par la tension de vivre.

Parfois, ma douce, je hurle.
Le silence pendu.
Ça racle dans le mou des entrailles.
La violence est peau de tristesse.

Ma douce,
S'ils savaient ce qu'on a vu, ce qu'on a enduré, ce qu'on a pleuré, ce qu'on a dû flétrir pour arriver au visage cireux, jusqu'à la dernière heure, jusqu'à cette heure-ci.
On a fini sacs d'os au cœur diaphane, jamais tout à fait vivants, jamais tout à fait morts.
La violence est peau de tristesse.
Il faut que tu leur dises.
Tu sais, quand on montre les dents, c'est que le sang s'est tellement étourdi dans les larmes. C'est qu'il n'y a plus que mort à l'horizon, que les mots sont tellement grossiers qu'on les vomit jusqu'à faire exploser les tympans.

Et on leur fait accélérer le pas
et baisser le regard jusqu'à la
poussière.
On est fissure béante dans leurs réalités coquettes.
Séisme du néant.
Résidus du quart-monde.
Et on aurait beau aller crever sur leur palier, ils nous enjamberaient sans que la jambe flanche.

J'en ai vu certains nourrir des chats errants avec la larme à l'œil et secouer machinalement la tête devant une de nos mains tendues. Et ils nous traiteront de fous parce qu'on a la lucidité des entrailles. On pense avec la rage du ventre. Nos paradoxes,

nos contradictions, on les porte sur nos lèvres. Eux, ils ont des petites boîtes qu'ils rangent dans des chambres muettes. Ils ont le miroir en verre brisé et le reflet du bout de l'œil comme seul horizon du monde. Nous, on a toujours vu
l'autre côté.
Même aveugles.
C'était comme un
chant qui nous
liait à l'ailleurs.
Nos fragments,
des reflets
trop petits, trop pauvres, trop sales
alors on a cherché
l'envol à chaque
visage
pour ne pas s'étrangler dans un horizon qui ne nous laissait pas de place.

Si tu savais, ma douce, comme c'est miracle que de pouvoir se retrouver dans ce que l'on est, d'avoir un chemin dessiné dans les champs de possibles, de ne pas craindre les jours de pluie, de pouvoir dire « Je sais » aussi naturellement que vient la tristesse. Nous, on a le rocher du doute
rivé contre la dentelle
du cœur
et on s'écrase à coups
de sang
et d'envol aux ailes
coupées
sur chaque seconde sobre.

J'ai essayé plusieurs fois d'arrêter, tu sais ?

Le truc, c'est qu'on ne sait pas vivre. On n'a jamais su comment ils faisaient, tous ceux-là qui carillonnent menton haut dans la gare de l'Est, manteau au col droit et l'œil qui ne regarde plus, le pas qui n'habite pas la jambe mais vise le point B, celui où il faut aller parce qu'ils ont des choses à faire, la journée qui déborde, la totalité de la vie dans une main, la gorge pleine jusqu'à ne plus pouvoir vomir, jusqu'à ne plus pouvoir pleurer.
Nous, on morve sur l'aube tiède, on habite la rotule grinçante, les trous de la chair, on fixe
le ciel, les taches noires sur le goudron, celles qui annoncent l'hiver, on a les semelles
lourdes de l'errance, même lorsque l'on sait où s'arrête notre course.
C'est toujours le même endroit : à la première
inhalation, on sait que l'on n'ira
jamais plus
nulle part.

L'instant est long, tu sais, quand la nuit menace sans cesse de tomber, quand les soleils ne signifient rien de plus que le même jour à ramper sur la terre.

J'ai essayé, ma douce, tu sais, j'ai essayé tant de fois d'arrêter.
J'ai quitté la colline avec la certitude que je ne reviendrais jamais
et la colline m'a rappelée.
C'est que, sans elle,
le monde est une grande plaie
qui suinte

et on respire
comme des noyés.
Mais à quoi bon
quand la mort
nous attend
et que la vie
ne nous réserve
rien ?

Tu sais, les gens comme nous, les addicts, les rebuts d'être, faudrait pas croire qu'on est faibles, déments, nés tordus et enclins à la laideur. Notre seul tort, c'est de continuer à vouloir vivre
encore et
encore et
encore.
On a le désir vorace, l'espoir fiévreux.
Tous les autres sont morts.
Il faut vivre.
La chair pourrit
sous les couches
de crasse.
Il faut vivre.
Plus rien ne nous attend.
Mais il faut vivre !
Même enferrés pour
toujours
hors du monde,
hors du temps,
même balayés par
tous les regards,

même haïs,
même damnés.
Ma douce,
comment peut-on nous en vouloir ?
Il faut vivre.

deuxième mouvement

Il y en a un sur la colline…
Tous les matins, il se lève
avec le soleil
et il ramasse toute la
merde qu'on a laissée
pourrir
devant les toiles
qui nous servent de toits.

Il a un grand râteau
et il racle la merde
trait par
trait.

Et nous,
pendant qu'on se lève,
il est encore
là
à racler la merde.

Parce que la merde, il y en a
tellement de couches
qu'il lui faut des
heures pour
faire surgir
la terre sous
nos pieds,
qu'il lui faut
des heures pour qu'on se souvienne
qu'on vit encore,
qu'on ne nous a pas laissés
pourrir, nous aussi,
hors de la ville,
dans les cannettes, les mégots
et les bouts de verre cassé.

Et quand on lui tend la main,
il secoue la tête.
Il dit que ce n'est rien,
ou du moins pas grand-chose.
Et il racle la merde
trait par
trait.

Ma douce, le monde repose sur les mains des éboueurs et leurs dos tendus et les vallons sur le regard de tous les humbles qui portent le monde sans dire un mot.

Si tu savais à quel point j'ai été égoïste en te mettant au monde. À quel point je t'ai attendue, comme si la vie, jusqu'ici, n'avait été qu'un grand désert. À quel point j'ai prié pour que tu m'aimes comme, jamais, je n'ai été aimée. À quel point, même alors que tu cognais sous les plis de ma chair, j'ai laissé le crack remplir toutes les brèches du souffle.

J'ai l'amour fêlé, ma douce, comme tous ceux qui ne sont pas des saints et qui, brûlant silencieusement, s'enterrent dans l'inconditionnelle solitude.

C'est qu'après la naissance, on est si
seul.
Si tu savais comme je t'ai serrée fort,
tout près, là, contre moi,
pour que tu ne sentes
plus la dureté
de l'air racler
dans ta poitrine.
Si tu savais comme j'ai prié
pour que tu oublies
qu'un jour, toutes deux,
nous étions océan,
deux cœurs dans une seule chair.
Il suffit d'un
rien,
une caresse brusque
sur le dos de
la main,
un battement de cils,
pour que la réminiscence
du liquide amniotique
nous plonge dans cette dureté
froide du réel dont le

corps ne se
relève pas.

Après la naissance, on est si seul. Irrémédiablement, irrévocablement seul.

Ma douce, combien de fois essaieras-tu de sortir de toi-même pour briser les frontières de ce que tu es ? Combien de fois avant que tu lises cette lettre ? Combien de fois
après ?
Et on se dit toujours « si jamais »
et « peut-être »
et on ouvre toutes les portes de
la poitrine sur les fissures
du cœur
et l'autre tend les bras
sans pouvoir nous effleurer.
Il est là-
bas.
Hors de nous-même.

Ce sont des saints, ceux qui aiment dans l'inconditionnelle solitude, tu sais ?
Ce sont des sorcières errant sur la lumière, des funambules de la condition humaine.

Pour ceux qui ne sont pas des saints, aimer, c'est comme chercher le cœur du monde dans un trou qui n'a plus de fin.

Et j'ai cherché, crois-moi, ma douce, à chaque seconde, avec la rage de Sisyphe et les gestes-orages du regard qui n'a plus peur de mourir.

Mais tout ça ne
compte pas.

Il n'a jamais existé,
le cœur du monde.

Sous la poitrine,
il n'y a qu'un grand creux
qui n'a plus de fin
et des mains qui griffent les murs.
Car on a beau savoir
qu'aimer est une lente
et inexorable
chute,
on ne peut cesser de lutter pour éviter
de tomber tout
au fond de soi-même.

Comme si l'instinct de survie ne s'arrêtait pas aux morsures
de la chair,
quand, là-dessous, le chaos cherche à nous dévorer,
c'est tout pareil.
On se fige, les pupilles
se dilatent,
l'échine se mouille,
devient froide
et on voudrait courir
mais la mort ne nous quittera pas.

Ma douce, quand on a peur du noir, déjà, le silence menace. C'est comme si on savait qu'inévitablement, les monstres finiront par prendre notre visage. Nous, les bêtes fêlées et nos souffles à bâtons rompus, nous sommes les artisans de
nos propres naufrages
parce que la solitude
nous pèse tellement
qu'on ferait
tout pour y
échapper.

Ma douce,
il vaut mieux se
perdre dans l'errance
qu'errer sur des
chemins rebattus.

Et j'ose croire que tu seras
sainte et que tu
ne confondras ni
route, ni océan
avec ta solitude
et que tu rugiras
comme un
trou de
lumière béant
pour noyer
tous les
autres dans
ta chaleur
et que le monde te suffira

dans ses moindres
genoux cassés
dans ses gorges-sanglots
dans ses hivers-silences
et que tu fleuriras à l'aube
pour que chaque jour
soit ton printemps.

Ma douce, tu seras sainte. Comment ne le serais-tu pas ? Toi qui, arrachée à ta mère, grandiras hors de mon regard, hors de nos champs morts, par-delà nos bouts d'horizon cassés, avec notre sang bouillant dans les artères.

Évidemment, tu seras sainte.
Comment ne le serais-tu pas ?

troisième mouvement

Si tu savais toute la violence de vivre,
les mains crasseuses qui
agrippent la
hanche,
le fond des corps
que l'on racle
jusqu'à faire
vomir la
nausée,
le poids de la
domination
des hommes blancs
sur le reste du monde,
de tous les hommes sur notre sexe
qu'ils volent jusque dans l'enfance
pour en faire cette
tache immonde
et étrangère
qui n'a d'usage que
sa profondeur,
même sèche,

même craquelée,
même couverte
de sang et de
sel,
ils en feront
une tache si
grande que tout
ton corps,
puis tout ton
être,
tout jusqu'à
la dernière
brèche,
tout
y passera.

Ici, sur la colline, on est toutes les mêmes.
Des taches immondes et étrangères qui se regardent regarder.

Des marques de mains qui ont forcé le passage entre les cuisses.

Des restes de foutre bien prélevés sur des cotons-tiges fourrés dans des sachets en plastique bien fermés qui encombrent les vieux cartons des commissariats de police.

Des ombres que l'on se regarde déchirer et qui craquent toutes pareilles dans un hoquètement muet.

Ma douce, il nous faudrait murailles
et barbelés, douves, donjons,

arbalètes et cuirasses
pour retrouver un morceau de
souffle,
pour, enfin,
relever la tête
quand un regard cherche
le sexe sur nos visages.

Mais on n'a que la peau.
Et tu sais ce qu'ils font
quand ils voient qu'on n'a
que la peau,
le père,
le voisin,
l'oncle
et l'ami fidèle ?
Ils sourient et ils hochent
gentiment la tête
et ils violent et
ils tabassent et
ils caressent et ils
effleurent du regard
comme si la peau était
porcelaine
et abats de veau
et ils s'enfoncent
dans les entrailles
jusqu'à ensevelir
tous les sanglots.

Ici, sur la colline, on est toutes les mêmes.
On se souvient à partir des brèches.
Nos visages sonnent les reflets de nos mères
cassées.
On a la mémoire en
partage
et le présent pour nous seules.
À quatre pattes sur le néant.
On se navigue dans les
profondeurs.
Un son la nuque-
ciment
et tous nos regards
tendus vers des
mains qui nous ont déjà tuées.

Qui se fera témoin de notre sang versé dans les angles de rues
muettes ?

quatrième mouvement

Si tu savais,
je t'aimerai jusqu'à ce qu'ils me tuent,
parce qu'ils finiront par nous tuer,
à menton-poignard
d'indifférence.
Mais je t'aimerai
jusqu'au bout et au-delà encore.
Je t'aimerai pour tous leurs silences, ma douce.

Pour nous, il n'y a que l'instant.
Tu dois te faire notre mémoire.
Je t'écrirai tous nos espoirs et nos rêves d'enfants, nos dents de lait, nos mères, tous nos moments de grâce, nos invectives au destin, nos peurs les plus secrètes, nos extravagances, nos bassesses et tout ce qui nous a conduits jusqu'ici. Lorsque l'on est sur la colline, ma douce, on ne peut que survivre à l'instant.
Tu dois nous faire éternité.

cinquième mouvement

Sur la colline, on ne ment pas.
On aurait beau essayer de nous couvrir sous les avalanches du langage, un battement de ciel et on serait trahis.

Ne peuvent mentir que ceux qui n’ont pas franchi la frontière de l’innommable.

Sur la colline, le corps dit,
le corps hurle
et il frappe tellement
sur le regard
que des fois,
on se rendrait
aveugles.
Mais on
regarde
quand
même.
Parce que les
yeux,
c’est tout ce qu’il nous reste.

On n'a jamais eu le droit à l'invisible.
Tout ce qu'on aveugle sous le cœur,
il n'y a que ceux qui aiment qui ont la vie pour le contempler.
Nous, à qui le hasard implacable de l'univers ne laisse aucun regard,
nous, on n'a que les yeux,
l'horizontalité pesante du monde,
les fils que l'on suit et
qui guident
les semelles
sous l'absence
et notre silhouette nous
fuit pour pleurer.
C'est ainsi qu'on attend.
Parce qu'on crève.
La vie est si longue,
ma douce,
pour ceux qui
ne savent pas aimer.

Et il faut les entendre, les présentatrices télé, celles que l'on voit déambuler sur la colline avec un regard-piège à souris et les jointures des mains à faire péter la masse de sang.
« Nous sommes sur la colline du crack »
Et les yeux ne dérivent plus, ils suivent le gros objectif pesant sur l'épaule et elles s'efforcent à grands claquements de langue de décrire un réel qui n'existe que sur leurs rétines.

C'est ainsi qu'on condamne, ma douce, en faisant exister les autres seulement dans l'ailleurs.

On était moins, déjà.
On était femmes.
On était noirs.
Arabes.
Musulmans.
Immigrés.
On était pauvres.
On était bons à rien.
Fous.
Maintenant, on est les
ombres,
les arcs-en-guenilles
injectés de sang
que l'on prend en
pitié,
sur YouTube ou à la télé,
puis que l'on oublie.
Ou ceux sur qui l'on crache
parce qu'ils bouffent l'argent public
à grands coups de
structures qui ne
leur donneront jamais une vie
meilleure.
Autant dire les damnés,
ma douce,
car ils nous
condamnent,
et notre existence
tient seulement
à leur regard
alors même que

notre souffle
ne nous
appartient
déjà
plus.

De quelle identité peut-on se réclamer ?
De quel groupe ?
De quel sang ?
De quelle tribu ?
De quelle mère ?
Ils nous jettent à battements de ciels, plus loin, bien plus loin que les marges, pour que jamais plus on ne puisse réclamer ce que l'on a perdu.

Crois-tu qu'ils nous laissent le droit de vivre ?
Ils crachent demain, nos crépuscules, dans un coin aveugle du monde qu'ils éclairent, les yeux bandés, à coups de vingt-quatre images par seconde, pour que françaises et
français puissent retrouver leur république à frontière de territoire perdu.

On n'existe dans leur regard que pour donner un visage aux ombres, revers de leurs illusions gâtées. Parce qu'ils croient qu'ils vivent, qu'eux ont su batailler et arracher leur place à graves traînées de sueur.
Ils ont caries sur leurs rêves
et l'œil en creux.
Je le sais.
Sinon,
à se voir,

ils pleureraient des siècles
entiers.

Et ils ont le regard sec,
ma douce,
le menton fixé à une ligne
imaginaire,
et nos gosses crient
dans nos pattes
parce qu'ils ont
faim,
parce qu'ils gèlent,
et ils ont le regard sec,
ma douce.
Ils auront beau te donner un toit,
trois repas chauds
et quelques sourires,
un peu de tendresse…
Ne t'y abandonne pas
ou, à la première
gifle du destin,
ce n'est pas seulement
la misère que
tu rencontreras,
mais l'infâme solitude.

Et tu voudras me retrouver.
Je leur ai dit à ces porcs, ces poulets, à ces ambulanciers, à ces assistantes sociales, à tous ces animaux vicieux qui portent l'uniforme et le masque de la blancheur.

Un jour, tu reviendras sur la colline et tu pleureras tous les martyrs qui t'ont vue naître.

C'est ainsi que les saintes naissent.
Dans les charniers et
l'abandon.
À la croisée
des amours fêlées.
Dans les trous de
la solitude.

C'est que le soleil brille dans le cimetière de tous les nôtres
et que, pour qu'un astre vive,
il faut que tous les autres se soient
éteints.

sixième mouvement

Il y a eu ma mère d'abord, puis, je le sais, il n'y a jamais eu qu'elle en moi,
comme un océan de douleur ramassée, comme une griffe,
comme l'étranglement du fer et le poids de la
rage trempée
sous un regard cousu
à une aube épaisse, si dense que
la nuit ploie sur la cornée.
Il y a eu ma mère en creux de tout ce qui est, ma mère-néant, ma mère-négatif tachée et sale, ma mère percée d'amour-séismes et de tendresse âcre, doigts tristes et neigeux, ma mère comme un destin, comme l'embryon de toutes mes rebuffades, mes jalousies, mon désir malade d'exister.

Ma mère parlait.
Elle ne disait pas.

Elle usait du langage comme d'un vêtement trop grand dans lequel on se prend le pied pour cacher des plaies purulentes.

Je te parlais des gens qui aiment.
Ma mère aimait, oui, c'était une sainte. Elle avait le nimbe que l'on a vomi et les flammes mouillées de misère, mais elle aimait.

La nuit, je l'entendais pleurer quand le père quittait son lit pour rejoindre le mien.
C'est ainsi que l'enfance prend feu, dans les larmes aimantes de la mère.

L'instant est tout ce qu'il nous reste.
Je te l'ai dit, ma douce,
comme tristesse-charbon, l'instant est un soleil nocturne.
Chaque possible croit lui appartenir. Peut-être qu'il n'en est rien.
On l'imagine en champs de
promesses,
en grands
ciels chassant
l'hiver
d'un revers
de la
main.

Ma douce,
et si, d'un coup, l'aube ne criait plus sur Paris et que la nuit se faisait éternelle ?
Tu me croiras folle ou idiote quand tu liras cette lettre, mais dis-moi, ma douce,
comment sait-on que l'aube tombera demain ?
Et si même le jour ne tient qu'à un miracle, comment ne pas attendre l'instant
comme une martyre ?

Il y a tout cela, en creux, sur la colline, ma douce,
des fronts baissés
sur le ciel,
les rêves tendus jusqu'à
s'en blesser.

*

Ma mère ne rêvait pas.

Quand on pleure par amour, les rêves sont déjà loin.

C'est les pleurs de ma mère que, tous, ils devraient pleurer,
ma douce,
les pleurs du désespoir, la révolte hoquetante
et tue.

Tu sais, moi, quand je l'ai quittée, je n'ai pas su pleurer de cette
manière. J'avais dix-sept ans, la clope aux lèvres, et j'arpentais
les jours comme une ombre perdue
dans un tunnel sans fin. Et puis le froid, la faim, la violence
des regards jetés
sur les rues,
les sexes dévorants
de ceux qui jouissent de
notre perte
ont fini par tarir chaque
pli de mon corps.
Si tu savais comme, sur
la colline,
toutes, elles ont connu
ceux-là.

septième mouvement

Je t'écris cette lettre parce que ma mère ne m'en a pas laissé.
C'est gouffre sur lequel on se penche,
enivré
par le vide,
l'absence,
tu sais ?

Et si je franchis le blanc du papier, c'est pour que tu puisses attraper l'éclat des jours d'été dans toute leur tristesse et leur joie humide.

Nous, on doit vivre.
Toi, tu le choisiras.

Il suffit d'un phénix pour effacer tous les corps brûlés.

Et tu pleureras pour nos os calcinés et nos souffrances tues et la prison du temps
qui t'a vomie sur une ligne droite.

Ma douce, il suffit de quelques larmes pour que le silence déferle dans le langage,
tu sais ?
Les verseras-tu pour moi ?
Pour mes sœurs, pour mes frères ?
Notre peau est tellement
sèche qu'elle s'écartèle
comme nuages d'été.

Ma douce, avec la pluie, tout vient à renaître.
Si seulement tous,
enfin,
ils se mettaient à pleurer.

*

Tu sais, le jour où je t'ai perdue était comme tous les autres jours.
Tu avais passé la nuit
à pleurer.

Le monde nous avait
crachées sur la
dernière grève.

Depuis ta naissance,
on avait été
d'hôpital
en hôtel social,
le front baissé.

Je nous gardais le front baissé
sur les semelles
pour ne pas croiser leur regard.

Il en suffisait d'un,
un seul de leurs regards,
et ils nous auraient donné honte
de vivre,
ma douce.

Je me disais :
le fil,
tisse le fil.
Vivre est tout ce qu'il nous reste.
Oublier l'appel du crack, le poing serré, la gorge sèche,
à imaginer le printemps, tous
les printemps
qui nous attendaient,
ton souffle rivé sur le mien.

Je me disais :
le fil,
tisse le fil.
Vivre est tout ce qu'il nous reste.
Oublier l'appel de la colline minute
après
minute,
sentir les remous de ton ventre courir sous ma main,
bientôt, ton rire,
tes rêves,
tous tes rêves.

Tu avais trois mois, quelques jours, et ton éclat trompait toutes mes nuits passées à contempler le gouffre. Mais le gouffre n'est jamais loin, ma douce, même dans les plus grandes lumières, il ravine sous la poitrine.

C'est comme un chant lointain
qui ruisselle
jusqu'à la
mer.

Et pour ceux qui ne savent pas vivre, la mer est comme une promesse.

Celle de pouvoir, enfin,
perdre pied.

*

Ma douce, le jour où je t'ai perdue était comme tous les autres jours.

Je me fracassais la tête contre les murs de notre chambre miteuse, à compter les secondes, furieuses quand ça remontait dans les veines.
Tu avais pleuré toute la nuit et depuis tellement de nuits qu'il me semblait n'avoir jamais connu le sommeil.

Ma douce, si seulement tes pleurs avaient ressemblé à l'appel de la douceur ou des bras de l'amour, à ces ouragans de mystères tirant les enfants du sommeil pour nous permettre, à nous, les mères, de les guider vers leurs rêves.

Mais tes pleurs, à mes oreilles,
n'étaient rien de tout ça.

Ils me rappelaient
mon visage étouffé
sous le poids mort
de mon père,
ces cuisses
suantes,
le ronflement aigu
après avoir joui
sur mon
ventre
et ces pas glaçants
regagnant la chambre
à coucher.

Quand j'ai quitté
la maison,
je ne pleurais
pas, ma douce,
mais je portais mon enfance
tachée de larmes
tues
au fond de chaque regard.

Et je crois que
tu le savais,
ma douce,
peut-être

même avant
de naître,
tu portais
l'inceste sur
la bouche
et des lacs salés
sous
les paupières.

Oui, tu le savais, ma douce.

Tu as toujours su.

Dès ta naissance, c'est pour moi, pour ma mère, pour mes grands-mères, pour mes arrière-grands-mères que tu pleurais.

Tu savais.
Et nos nuits à l'hôtel social avaient la couleur d'un soleil errant derrière les grands brouillards.

Tu savais. C'étaient nos ombres dans ta gorge qui raclaient la nuit pour annoncer l'aube.

Tu savais.
C'était l'écho des sueurs rouges,
les crevasses
du pied
creusant la terre,
le ventre
tendu

sous le cagnard
et les derniers
sursauts du cœur.

Tu savais.
C'était la honte
portée
sur la peau.
L'humiliation
des pauvres.
C'était mon père,
encore brûlé par l'alcool,
dernière fuite de la misère,
venant poser ses mains
de père
sur mon sexe
d'enfant.

Ma douce,
tu savais,
c'étaient mes fautes,
mon silence arraché à la nuit,
ma faiblesse face aux modous,
le sexe troué
dans la poche,
le saut de
l'ange,
seule porte
ouverte
dans le
ciel

qu'ils nous
ont laissé.

Et tes pleurs étaient mes pleurs,
l'insoutenable cascade de la souffrance répandue nuit
après nuit.

*

Je pleure de n'avoir pas su aimer.

Ma douce, j'aurais tout donné pour que quelqu'un me l'apprenne.
Mais ils m'ont lancé un regard sec et m'ont tendu un stylo
cassé.

J'aurais tout donné pour que ta vie ne s'arrache pas tout à fait
de la mienne.

Il faudrait accoucher d'un langage architecte, des grands ponts
traversant
le ciel jusqu'à la douceur des rêves.

M'en voudras-tu de t'avoir laissée dans leurs mains sans que
tu saches qui est
ta mère ?

Ma douce, quand tu reviendras sur la colline, oseras-tu
affronter mes yeux ?
Ou mon odeur saignera-t-elle ta gorge jusqu'à ce
que tu doutes même que je sois
humaine ?

J'aurais aimé
te dire toutes les
plaies,
tous les creux
de la chair,
chaque souffle
rongé
et toutes les brèches
qui ont guidé mes
pleurs jusqu'à
te voir
naître.
Oui, je le sais, toi, tu seras propre, digne et belle.
Toi, tu seras grande, riche et forte.
Tu seras tout ce que je n'ai pas su être et
tout l'infini de ce que je ne connais pas.

huitième mouvement

Ma douce,
le jour où je t'ai perdue n'était ni plus grand, ni plus laid qu'un autre jour

mais ma tête
s'était fendue.

Il y avait tes pleurs, depuis des mois, qui résonnaient
comme des plaies ouvertes,
et une araignée est entrée
dans notre chambre.

Elle était si petite, notre chambre, ma douce, dix mètres carrés
et quelques autres
pour un bac à douche et des toilettes à la lunette craquelée.

Il y avait la chaleur des mois d'août réduisant l'espace à une tête d'aiguille
où ton ventre, seule fenêtre sur l'abîme, gonflait comme un écho de l'océan.

Je crois que la nuit précédant ce terrible jour, j'ai rêvé que ton ventre ne se soulevait
plus. Il n'y avait que moi dans la petite chambre et le silence avait pris ta place.

Le silence et son cri dément.

Au réveil,
ma tête s'était
fendue,
ma douce.

Mes pensées
sautaient
à mesure
qu'elles
apparaissaient.

Ma transpiration
était
floue.

Je sentais l'appel
du crack
grandir
dans
ma gorge.

Et j'ai essayé, ma douce,
j'ai marché
en rond

jusqu'à l'épuisement,
les ongles
enfoncés
dans la
paume,
j'ai fixé
un point dans
le mur blanc
jusqu'à ce que des taches
le brouillent,
j'ai mangé, bu,
me suis allongée sur le lit,
toi sur les côtes
et j'ai attendu
que le sommeil
me prenne.

Ça hurlait dans mes veines
comme si le père
allait franchir
la porte.

L'araignée était
là,
pendue au coin de notre chambre,
comme dans les souvenirs,
au-dessus du lit de mon
enfance,
annonçant le cri
du plancher sous les
semelles du père.

L'araignée était
là,
un corps petit,
malingre,
et des pattes comme
des étaux,
un corps de ceux
qui portent le
poids de
l'avant-dernier souffle,
l'empreinte de
la dernière virgule
avant que le
piège ne se
referme
tout à
fait.

Il fallait partir, ma douce.

Me comprends-tu ?

Mon père était derrière la porte, l'araignée l'avait rappelé et
cette fois,
c'est toi
qu'il
prendrait.

neuvième mouvement

Ici, sur la colline,
c'est la dernière heure qui
se répète encore
et encore,
celle où on a contemplé
nos yeux partir
vers une obscurité
dont on ne sait
toujours pas le
nom.

Il faudrait faire taire le langage jusqu'à la dernière pluie, ma douce, pour que nos
voix puissent percer les entrailles du monde. Pour que l'on retrouve le jour, que l'on brise le cercle du temps.

Combien de courage nous faudra-t-il pour délier l'aube du crépuscule ?
Et est-ce même du courage, ou pure folie sourde, que de vouloir s'échapper des

cercles qui ont ficelé la colline à nos rêves ? Et si le meurtre nous tache, tout
comme au premier jour, et que l'œil de Dieu nous suit pour nous maudire jusqu'à la fin des temps, à quoi bon fuir la dernière heure, nous qui l'avons
déjà vécue cent
fois ?

Ils te diront que j'étais folle, trop faible pour vaincre mon addiction, que je t'ai emmenée sur la colline, sans même un biberon ou des couches de rechange, pour une galette de crack.

Mais il fallait partir, ma douce.
Je t'ai emmenée sur la colline pour faire cesser tes pleurs.

Sur la colline,
il y a les ombres
et les deux grands
yeux de la
mort
mais les ombres
ne sont rien
face à l'étranglement
du jour.

L'araignée était un oracle.
Je pouvais arrêter le crack, trouver un boulot, rebâtir ma vie
brique
par
brique,

la saleté ne me
quitterait
pas.
Elle était là,
derrière
la porte.

Et j'avais accepté de la vivre, ma douce.
Je l'avais accepté.
Mais toi,
printemps à peine éclos,
champ de ciel aux mille possibles,
comment aurais-je pu t'abandonner au même sort ?

Ils te diront que le crack m'avait fait perdre la raison, ma douce.

Je peux déjà les entendre, eux et leurs vérités toutes faites
et leurs vies immaculées et leur grande résilience,
quand on les a gavés
d'amour
et que le divorce de leurs
parents est la seule
fracture
qu'ils ont connue,
eux et leur pitié
bien placée,
juste en dessous
du cœur,
sur la première
couche de l'épiderme.
Ils n'ont connu que les blessures des riches

et de ceux
qui savent vivre, ma douce.

Et il faudrait ne pas leur en vouloir de ne pas avoir vécu nos sales vies ?

Comment pourraient-ils comprendre qu'une tête puisse se fendre ?

dixième mouvement

Quand j'ai découvert le crack, je n'avais pas vingt ans encore
et j'ai su,
dès le premier instant,
ma douce,
que c'est cela que j'avais
attendu
toute ma vie.

La vie s'arrête là où commence ce temps. Les mots n'y suffisent pas. Au premier souffle des poumons, à la première étincelle des veines, j'ai su, ma douce. Un hurlement secret avait tracé mes sillons jusque-là, jusqu'au bord du précipice où la terre s'arrête,
et j'ai plongé
sans même un
regard jeté
derrière.
Je savais,
et je me suis
dévorée.

S'il y avait un destin, je le blâmerais, lui. Je lui mettrais mes heures sales entre les omoplates, chaque trou noir, la dignité humaine traînant ses longs bras urinaires et ce corps que j'ai balancé à la mer et aux rats chiant sur les fonds de cale. Je trouverais la première courbe-ivresse de la chute. S'il y avait un destin…

Vivre est mélange amer de libre arbitre et du hasard cruel. L'un piétine l'autre, qui finit par l'égorger.

Je n'ai pas été mon bourreau, ma douce. J'ai souffert de ma cruauté mais je ne suis pas innocente. La colline, dans un coin secret, je la désirais.
Il en va de même pour tous ceux qui n'ont pas peur de mourir.
Comme chaque seconde
nous approche du vide,
nous n'hésitons
jamais
à accélérer
le pas.

Nous avons
l'ivresse
de la
course,
des artères rabattues
à pleine vitesse
sous la poitrine
fumée
à grandes plaies bleues.

Il en va de même pour tous ceux qui ne savent pas vivre,
ceux à qui l'on a retiré l'incroyable ignorance de la mortalité.

Sur la colline, il y a les deux grands yeux de la mort, au bruit
sec et à la paupière
fendue, et même plongés dans le sommeil, ils s'approchent
pour nous contempler.

Ma douce,
Bientôt, tu auras trois ans, sept ans, dix, seize, vingt-quatre,
trente-cinq, quatre-vingts. Bientôt, tu seras sac de peau pendue
aux os en brèche et tu ne diras plus qu'un mot dont les voyelles
mâchées feront rire de peur les enfants que l'on
obligera à te regarder.
Ma douce,
aujourd'hui,
le temps est haut.
Il y a les deux grands
yeux de la mort
qui grondent
sous mes artères
et je t'écris
ces mots comme si
la rue
frappait à ta porte.

onzième mouvement

Ma douce,
quand tu es sortie de mon ventre,
ta tête bavait encore de sang.
Tes lèvres s'entrouvraient sur le dentelé de ma poitrine.
J'entendais ton souffle
faible
comme une morsure au cœur,
de celles que doivent ressentir ceux qui aiment,
à l'appel de la
tristesse.

Quand tu es sortie de mon ventre, je savais
déjà
que je t'avais perdue
car ma vie ne pourrait pas être la tienne.

Ma douce, je t'ai tant attendue, tu sais ?
Comme une grande pluie qui laverait toutes les nuits à regarder la mort, comme les grands espaces où le ciel se confond avec la mer. Je t'ai attendue comme on vit,
ma douce, je t'ai attendue comme on crève.

Mais quand tu es
sortie de mon ventre,
je savais déjà
que je t'avais
perdue.

J'avais essayé plusieurs fois avant toi d'arrêter le crack, ma douce. J'avais quitté Paris, les modous à portée du regard. Il n'y avait que là que j'existais. Il n'y a jamais que sur la colline que j'ai eu un nom. Que j'ai connu des sœurs. Que j'ai bravé la mort. Que j'ai craché sur ces miettes que l'on m'avait laissées pour vie.

J'avais essayé plusieurs fois avant toi d'arrêter le crack. Mais le crack n'est
que l'armure d'une montagne d'acier qui pèse sur chaque pas
pleuré
pour l'envol,
qui pèse sur chaque pas
jusqu'à pourrir
le pied,
jusqu'à ce que la
peau
pèle le goût
du feu
et que l'on
ne distingue
plus ce
que l'on
est de

ce que l'on
a été.

Avant d'être une addict au crack, je suis une femme, ma douce,
je suis une femme
qui n'a pas su vivre
parce que le monde ne lui
réservait
pas de place.

Quand tu es sortie de mon ventre,
j'ai su
que la mère que j'étais,
la mère que je suis,
ne parviendrait pas à tuer
la femme que j'ai été.
Parce que cette femme,
je ne voulais pas la voir mourir.
Parce qu'on la disait addict au crack,
peut-être,
mais qu'en un sens,
elle était libre.
Libre de choisir la façon dont elle se faisait mourir.

*

Et ils m'avaient dit,
ma douce.

L'assistante sociale venait me voir toutes les semaines.

Ils m'avaient dit que si je retouchais au crack, on ne me jugerait plus digne d'être ta mère.

Mais quand avais-je jamais été digne d'aimer ?
Et que serait ta vie à l'ombre de mes errances, sur les contours de mes paupières
fendues ? Que serait ta vie traversée par mes séismes et la lèpre de la souffrance ?
Que serait ta vie pendue à un fil,
le hurlement de vivre
craquelé
sous la gorge
et la nuit
comme seule
couture
à l'hémorragie
de mon souffle ?

Ils m'avaient dit, ma douce.

L'assistante sociale passait chaque semaine
et j'ai su,
dès que ta peau a rencontré la mienne,
que je retournerais sur la colline
car de la colline,
on ne part
pas.

*

Tu sais, ma douce,
ce n'est pas le crack qui nous condamne
à la misère et à la solitude.
Ce n'est pas le crack.
C'est la honte.
C'est ce corps sur lequel
on crache,
ce visage troué par
véroles et séismes,
ces yeux brillants et
rouges, mouillés,
une lueur osseuse,
ce son grinçant que
fait la bouche
quand elle s'étire.
C'est la honte.
Cet espoir-limace que l'on
traîne sous nos ongles de
pieds défoncés,
toutes ces nuits passées
à faire chialer
nos mères,
trois cents euros donnés par une sœur
que l'on dépense,
avalés par la rue,
les regards ivres de pitié qui
nous transpercent où que
l'on aille,
nos sexes que l'on offre
en pâture parce
qu'on n'a plus

que ça dans
les poches.
Ce n'est pas le crack qui nous
condamne à la misère
et à la solitude,
ma douce.
C'est la honte.
Mais même elle ne
m'empêchera pas de te
dire combien je t'ai
aimée.

Je ne la laisserai pas
manger sur ta carcasse.

douzième mouvement

Peut-être qu'un instant,
j'y ai cru,
ma douce.
Un instant,
de longs jours passés à te contempler,
tes lèvres qui cherchaient mon sein,
les premiers éclats de ton regard,
et quand tu hoquetais dans ton sommeil,
je me disais qu'une vie était possible
pour nous deux,
loin de tout,
loin de la merde que j'avais amassée sous la poitrine,
loin de la boue qui purulait dans mes entrailles,
loin du temps,
loin des hommes.

Quand je t'ai rencontrée, ma douce, et que tes mains ont pris forme autour des
miennes, et que ton premier cri a empli mon silence, j'ai eu l'espoir absurde que tu pourrais vivre, nouée à mes yeux,

que je pourrais te regarder grandir et devenir une femme qui sait aimer,
et que tu m'apprendrais alors,
qu'enfin, on serait
heureuses,
ma douce.

Tu seras une femme qui sait aimer
et tellement plus encore,
je le sais,
car je suis retournée
sur la colline.
Tu n'auras jamais
plus
à y mettre
les pieds.

L'assistante sociale venait toutes les semaines pour s'assurer
que je ne t'amenais
pas vers la mort.
Elle savait que si je n'étais plus à l'hôtel social, c'est que la colline m'avait rappelée.

Ils m'ont dit t'avoir trouvée à quelques pas de ma tente, les yeux rouges à force d'avoir pleuré, à même le sol, un bébé de quelques mois, abandonné dans les déchets et les bouts de verre cassé, pendant que sa mère se shootait,

et ils me regardaient
avec des yeux creux
comme des gouffres

pour que j'avoue
la honte,
l'étendue sans
fond
de ma noirceur,
pour que
je tombe
à genoux
de n'être
rien,
pas même
une mère,
ce rôle
naturel
que toutes les femmes
sont tenues d'accomplir
jusqu'à se sacrifier elles-mêmes
parce que
c'est dans
leur chair.

Si je t'ai amenée sur la colline, ma douce,
c'est pour qu'ils viennent
t'y chercher
et qu'ils te donnent à une mère
à qui tu n'aurais pas à apprendre à aimer.

Mais ils n'ont pas
compris, ma douce.
Ils me regardaient
et l'écart entre leurs sourcils

se creusait
en rides de mépris,
comme s'ils avaient
attendu
que ma peau se déchire et
que la bête refasse surface,
que l'instinct indigène se
révèle dans un acte
dont aucun être humain
n'aurait été capable.

Et j'aurais pu leur dire, ma douce, qu'il fallait que je me fende
pour que ta vie soit vie
et que ma mort soit mort,
mais que jamais
je n'aurais pu me résoudre
à t'abandonner
tout à fait.

Je me rappelle notre petite chambre dans l'hôtel social,
l'ombre, les pattes,
l'araignée, la carcasse de mon père menaçant de franchir le passé pour maudire ta chair
comme il avait maudit la mienne.

Je me rappelle notre course vers la colline comme un grand tunnel de nuit,
l'appel de la faim, de la soif, du souffle.

Je t'ai gardée près de moi, tout contre mon cœur, à chaque pas,
et quand il a fallu te poser là,

te poser
là,
sur la saleté
et les reliques puantes
de la misère,
j'ai pleuré
avec toi.

Ils sont arrivés après.
Quelques heures, un après-midi peut-être.
Il y a eu les sirènes, d'abord, et j'ai couru pour venir te prendre.
Le crack avait
fait péter mes artères et je ne savais plus pourquoi tu étais là, à pleurer sur le sol, pourquoi ils venaient t'arracher à moi, je ne voulais pas te quitter, il fallait me
fendre, ma douce.

Ils m'ont dit qu'ils te donneraient à l'adoption, à une mère qui saurait aimer,
car j'étais trop fragile, défaillante, indigne.

Ma douce,
qui sait ce qui nous attend
derrière la nuit
et ses lourdes
paupières ?

J'ai dû les implorer
pour t'écrire
cette lettre.

Qui sait quand ils te la donneront ?
Qui sait s'ils comprendront, un jour, que mon existence était condamnée mais qu'à toi, mille existences seront offertes ?

Tout cela importe si peu.

Un jour, tu leur demanderas qui est ta mère et tu sauras que dans ma chute,
c'est ton envol que j'ai cherché.

treizième mouvement

Ma douce, si tu savais toutes les vies perdues pour que tu naisses.

Il faut que tu saches.
Je viens d'un pays où on porte l'amour sur la corne du regard,
où les mots ont d'autres couleurs,
où la liberté est un cri de grâce que l'on a arraché de force,
à lanières de peaux battues sous les pieds des hommes blancs.

Je viens d'un pays où l'amour court à sa perte,
où on le fête au pied de chaque jour
comme si l'aube était un soir d'été,
où nos chants précèdent les soleils noirs.

Je t'ai parlé des larmes mais il y avait, dans mon enfance,
les claquements de talons de ma grand-mère, et ses rides,
comme les racines de la main,
tressant mes errances à la terre.

Je viens d'un pays où les histoires précèdent le temps arraché
comme
une courroie de cuir triste à la semelle qui chaussait ses
légendes,
un pays où les blancs planent encore comme une ombre,
où la mort trace toujours ses sillons sur le visage des
nouveau-nés,
où les murmures sont fous,
où l'on pense que franchir la mer est une heureuse manière de
raturer l'histoire,
prendre le colon à sa propre farce,
comme si nos parcours immaculés pouvaient parvenir à effacer
la condamnation de notre sang.

Et aujourd'hui, ils admettraient que le bon sauvage fait un
homme décent…
Mais que font-ils à ceux qui refusent de se tenir sages ? Dans
les allées éclaircies, matraques en main, la haine aux dents ? Ce
sont les mêmes qui nous coupaient
les mains, il y a un siècle.

Et ils attendent, montre en main, l'arme braquée à la hanche,
un seul pas
de côté,
un excès de vitesse,
un vol à l'arraché,
un regard porté trop haut,
et ils nous plaquent
contre
terre,
genoux sur la poitrine,

le front suant,
et ils attendent
que l'on crève,
ma douce.

Ils nous tuent, lentement,
patiemment,
un à un,
à toutes les frontières,
dès que l'on passe
le point de douane,
dans toutes les villes,
tous les quartiers
où ils estiment
que nous sommes
trop nombreux
pour pouvoir
être contenus
dans la blancheur.

Dès que nous brisons
l'image, le portrait heureux du
bon sauvage,
cet indigène décent
seulement parce qu'il porte
le costume occidental
et prie le dieu des blancs.

Ma douce, tu dois le savoir.
Ils auront beau t'offrir un toit, une éducation, des sourires affables et une carrière

de cadre, il y aura toujours la haine tapie sous leurs visages,
prête à bondir,
à plaquer ta
gorge pour
en étouffer
le mal,
ce mot qu'ils utilisent
pour qualifier
tout ce qui menace
leur dite humanité.

Il faut que tu le saches, ma douce.
Un jour, tu leur demanderas qui est ta mère, et dans cette lettre, tu liras
tous les creux qu'ils n'ont pas su remplir,
le lien noueux à ce pays par lequel tu es née mais dont tu n'as jamais touché la terre,
les premiers tressaillements de la rage qui étouffe sous les prières des saintes
et tous les nœuds que je n'ai pas su défaire
parce qu'il n'y a que dans ta vie qu'ils seront en mesure de se démêler.

Ma douce, tu portes les mains-racines de ma grand-mère et tous les espoirs des
vies qui t'ont précédée. Quand tu marches, c'est leur empreinte que tu laisses
sur cette terre.
Ne l'oublie jamais.

*

À ta naissance, tu étais plus belle
qu'un feu follet,
qu'une étoile filante,
qu'une aurore boréale.
Ma douce, tu as jailli
au premier cri,
peau contre peau,
comme la lumière
d'un phare
appelant les naufragés.

Il y avait dans ton
regard quelque chose
d'immense,
comme si tu m'avais attendue
et que, déjà,
tu me disais
avoir le courage
d'affronter le monde
pour moi et
pour toutes celles qu'il avait vaincues.
Et tout ce que je te demande,
c'est vivre.
Comment pourrais-je t'en demander plus ?

Si tu vis,
nous aurons vengeance
dans chacun
de tes pas.
Nos souffrances
trouveront

leur but.
Il n'y a que cela
qui fera leur
défaite.
Ma douce,
vivre !
Vivre plus
grande que
soi-même !
Vivre
assoiffée,
les océans pendus aux lèvres.
Vivre jusqu'au
dernier souffle,
toujours volé quand ils clament ce monde
leur monde,
mais vivre !
C'est la seule chose qui se hurle
encore sur la colline,
entre fêlures de
silence
et peaux dressées
par la
nausée.
Vivre.
Ne plus baisser la tête
comme des rats
et attendre que
soleil se
passe.
Plus battements

sur la carcasse
et veines bleues sur
le poignet.
Vivre!

Je te l'écrirai
mille fois
s'il faut cela pour que ton cœur
s'étire
et qu'à la vue de
l'horizon,
tu puisses dire que
l'infini était
de ton côté.

quatorzième mouvement

J'ai la gorge qui brûle, ma douce, j'ai tant attendu pour te dire ces mots qu'ils arrachent ma trachée. J'aimerais presque que l'encre sèche et qu'il ne me reste plus qu'à poser le stylo évidé sous la brûlure.

Je ne voulais pas
pleurer.
Il n'y a que dans l'enfance que les larmes sont des portes.
Ici, elles nous creusent, grands trous de solitude.
Ma douce,
arriverai-je à quitter stylo et papier quand la seule chose qui me retient à toi
se noue dans leur lien obscur ?
M'en voudras-tu à la dernière phrase, au dernier mot, de n'avoir pas su continuer
à t'écrire ?

Il n'y a que sous tes yeux que mon cœur battait, ma douce.
Les veines crissent sur un lac gelé.
Je me demande quel son prendra ma voix quand tu ouvriras cette lettre.

Car tu leur demanderas qui est ta mère et ils te donneront ces lignes
écrites par une main inconnue.

Il y a carcasses
sous mes
mots, ma
douce.

Quand tu me liras,
évite leurs regards.
Ne les laisse pas te prendre dans leur imaginaire bâtard.
Pour eux, on n'est que
chair
qu'on recrache plus bas.

Ils anéantiront ma voix d'une glissade de l'œil.
Il suffira d'un rien,
un battement de cils,
et tout ce que je suis se réduira à
tout ce qu'ils ne t'ont pas dit,
ce qu'ils ne te diront jamais
mais qui pourrit sous la poitrine,
ce grand charnier de plusieurs siècles
dont le monde porte le visage,
toute cette haine
dont les racines
sont si
profondes que
l'on ne distingue
plus

le début
ni la fin.

Il suffira d'un
rien,
un glissement
de l'œil,
un battement
de cils,
et tu sauras
qu'ils ne t'ont
jamais
considérée
comme
humaine,
et ma lettre
se perdra sous le poids
d'un regard enchaînant au vide.

Ma douce, il n'y a que dans ta solitude que je puisse trouver
une place.
Pardonne-moi
car, par ces mots,
je te condamne à n'être
plus tout à fait
la même.
Il y aura ma
voix comme
un secret
grondant sous
les creux

de ton crâne,
dans chaque silence.

Par cette lettre,
je me fais toi.
Tu ne seras plus
jamais la
même.
Je vais te marquer jusqu'au sang
et dans ma nuit tu pleureras.

Pardonne-moi, ma douce.
Je choisis de vivre en toi plutôt que de mourir
en te laissant inengendrée.
Trop de filles ont déjà connu cette odieuse blessure.
Je te ramènerai à mon monde plutôt que de te laisser flotter
dans des mondes
qui ne sont pas les tiens.
Pardonne-moi
si je t'enferme sur une terre si petite.
J'ai essayé de me peindre à la lumière
de ce qui a fait de moi une bête
dans leurs yeux,
puis dans les miens.
Pardonne-moi.
J'aurais voulu accoucher de soleils pour que tu te saches plus
grande que l'univers.
Pardonne-moi.
Entre mes cuisses,
il n'y a que poussière.
Après toi,

qu'y a-t-il ?
Après t'avoir vue naître,
après t'avoir perdue,
que peut-il me rester à vivre ?

quinzième mouvement

Il a fallu si peu pour qu'ils t'enlèvent à moi.
Il a fallu les sirènes, les crissements des pneus de bagnole, les pas qui frappaient les ordures et laissaient sillons de regard-haine. Quelques mots balancés comme on tranche une tête.
Je n'ai même pas su crier.
J'étais partie dans l'autre monde alors,
où rien ne compte plus,
où ta naissance n'est plus que dans mes rêves,
où vivre n'existe pas tout à fait
et les grandes plaies sur le cœur ne sont que des dessins absurdes laissés au crayon à papier.

Je n'ai même pas su crier.
Ils t'ont prise d'un geste lent et ferme
et je me suis tue.
Je regardais mes doigts
comme une sorte de poème
auquel on aurait arraché
la langue.

Je ne sais plus ta peau,
seulement les traces d'une
chaleur confuse
que je doute
même d'avoir,
un jour, connue.

Ma douce, tu finiras par leur demander qui est ta mère.
Mais comment oserai-je alors te regarder dans les yeux ?

Mon langage s'arrête aux
portes de ce que je suis.

Qui sait ce qui se cache par-delà la colline, ma douce.
Parfois, j'ai l'impression d'y avoir toujours vécu.
Parfois, je crois que le monde s'arrête au premier cri et j'aimerais que mon existence n'ait été que le fait d'une absurde comédie de marionnettes.

Si j'avais été heureuse, ma douce,
si j'avais su aimer,
qu'aurais-je pu t'écrire ?
Et si ton monde s'arrête où commence le mien, qu'aurai-je été sinon du verre,
l'affreuse boue dont toi, tournesol, mangue, arc-en-ciel, tu as pu t'extirper ?

Ma douce, ma main tremble en t'écrivant
cette lettre, je voulais t'écrire
des mots puis
mille choses, des chaos

de monde
ont glissé de
ma tête.
Ils ont rongé la paroi
de mes os
et je n'avais
plus le
choix
que de
suivre la
ligne noire
qui
traçait,
et tourbillons
chantaient sur
la ligne,
manquaient un
point,
bondissaient,
et je ne savais
plus
qui, du stylo cassé
ou de mes lèvres,
vrillait à fleur
de peau
sur le papier.

Comme j'aurais aimé te connaître.
Juste un peu avant qu'ils ne t'arrachent pour toujours à moi.
C'est égoïste, je le sais,
mais je suis mère

avant d’être juste,
je suis mère
avant d’être sans
toit,
je suis mère
avant d’être
addict au
crack,
avant même d’être une inconnue,
je suis ta mère,
ma douce.
Je suis ta mère.

dernier mouvement

Je le sens, l'instant, et ces murs blancs et sourds,
comme à la dernière heure,
ma douce.

Ils me dévisagent avec des regards grimaçants.

Ils m'avaient dit une heure.
Voilà l'éternité que je m'accouche sur tes lèvres.

Et chaque mot est si lourd
que je m'essouffle,
ma douce.

Chaque mot
crève les
frontières
du monde,
et même derrière
l'horizon,
je ne pourrai plus t'enlacer.

Ils m'avaient dit une heure
mais comment amputer les mondes dont tu dois hériter ?

Il faut que tu te souviennes,
mes arrière-grands-mères, mes arrière-grands-pères,
la chaîne de souffrance infinie dont je suis le dernier maillon,
la grande machine coloniale qui a réduit les terres de nos ancêtres à des éponges de sang et le chant des espoirs creux qui poussent les nôtres à prendre la mer pour retrouver la misère et la haine sous un autre visage.

Il faut que tu te souviennes, la grande machinerie capitaliste qui a fomenté
la révolution industrielle et broie les rêves et esclavagise les êtres pour
les recracher tas de larmes
et brisures
d'os un
peu plus
bas.

Ma douce,
ils m'avaient dit une heure
mais je ne t'ai pas dit encore ma jeunesse,
mon arrivée dans le 18e, à Paris, mon long cheminement fait de plaies et de mains
barbelées qui caillassent la poitrine
jusqu'à la colline.

Ma douce, je ne t'ai rien dit.
Rien dit de tout ce que j'ai appris à coups d'errance et d'yeux grands ouverts.

Tu sais,
avant le crack,
il y avait les bancs des bibliothèques,
la fougue,
les manifs,
mes grandes amours,
les chants révolutionnaires,
l'espoir rongeant
toutes mes nuits.

Pour tout te dire, je ne sais plus quand la lumière s'est enfuie.
Quel a été l'instant-sommet
de la chute,
la rupture…

Je crois que toute ma vie a été cercles mordus
d'instants-sommets.
J'y pense
et j'ai l'impression
que cet instant,
cet instant précis,
est le premier
point du
cercle.

À l'instant où j'achèverai cette longue ligne,
j'irai rejoindre
le vide,
comme enivrée par son
odeur,
puis la vie reprendra

le dessus.
L'ignominieuse
vie.
On a beau dire,
c'est la seule chose pour laquelle on serait prêt à tout faire,
notre vie,
parce qu'on sait toujours,
dans un coin reptilien du crâne,
un coin fossile,
qu'elle est notre seul possible
pour échapper
au néant.

C'est en cela, peut-être, que tu comptes plus que tout ce que je t'ai écrit.

post-scriptum

M'en voudras-tu ?
Dis ?

J'ai tant écrit
que le langage
s'évide.

J'ai tant écrit.
Quelques heures, seulement, sont passées.

Ils m'ont dit que si je devais t'écrire une lettre, il fallait le faire
ici,
maintenant,
tout de suite.

Je t'aime, ma douce.

Je t'aime sans savoir aimer,
des plaies rougeoyantes crevant les lèvres,
les yeux brûlés par trop de soleils,

mais je t'aime
comme jamais
quelqu'un
d'autre
n'a aimé.

Je t'aime,
geyser,
cataclysme,
crevasse courant
sur des lambeaux de
terre brûlée.

Je t'aime.

CATALOGUE

Anuk Arudpragasam
Un passage vers le Nord
2023

Christian Astolfi
De notre monde emporté
2022

Hanna Bervoets
Les choses que nous avons vues
Traduit du néerlandais par Noëlle Michel
2022

Anna Hope
Le Rocher blanc
Traduit de l'anglais par Élodie Leplat
2022

Alice Kaplan
Maison Atlas
Traduit de l'anglais (États-Unis) par Patrick Hersant
2022

Semezdin Mehmedinović
Le matin où j'aurais dû mourir
Traduit du bosnien par Chloé Billon
2022

Noëlle Michel
Demain les ombres
2023

Touhfat Mouhtare
Le feu du milieu
2022

Boris Pétric
Château Pékin
2022

Stine Pilgaard
Le pays des phrases courtes
Traduit du danois par Catherine Renaud
2022

Ouvrage réalisé par Cursives à Paris
Cet ouvrage a été achevé d'imprimer
par Normandie Roto Impression s.a.s. à Lonrai
en janvier 2023

N° édition : M20650/01
N° d'impression : 2205438
Imprimé en France